OPERA NOVA AMOROSA

STRAMBOTTI, SONETTI, CAPITOLI, EPISTOLE ET UNA DISPERATA

VOL. I

NOCTURNO NAPOLITANO

Texte et illustration de couverture : © domaine public
Edition : Culturea (Hérault, 34)
Contact : infos@culturea.fr
Retrouvez notre catalogue sur http://culturea.fr
Imprimé en Allemagne par Books on Demand
Design typographique : Derek Murphy
Layout : Reedsy (https://reedsy.com/)

Dépôt légal : janvier 2023
Tous droits réservés pour tous pays

ISBN : 9791041846689

Opera nova amorosa de

Nocturno napolitano

ne la qual si contiene.

Strambotti   Sonetti

Capitoli   Epistole

Et una disperata.

Libro primo

Strambotti ad amicam.

Soglion tutti i felice, e lieti amanti

Spesso nanti lor dolci inamorate

Andar, con dellettevoi versi e canti

Per exaltarle, e per trovar pietate

Et io, con mesti accenti e flebil pianti

A tue maniere crude & dispietate

Vengo: e dimando poi che 'l vol mia sorte

Da tue man non più tante, una sol morte

Ma pria ch'io giungea a disiata morte

Vo' palesar mio stato a tutto il mondo

Et vo' gridando suspirar sì forte

Che se odirà nel cielo, e nel profundo

Strade, sentier, muri, fenestre, e porte

Voi che fusto al penar mio furibondo

Sarete ancho al finir mio, che sia presto

Poi che d'un tanto amor, il premio è questo

Voi tutti intorno che ascoltate questo

Flebile, horrendo e lachrymoso canto

Fatto che harrovi il mal mio manifesto

Sarete sasso non doprando il pianto

Che se al mondo mai fu tormento infesto

Gli è il mio che de tutti altri porta il vanto

E ognun move a pietà, se non costei

Che non cura lo abysso il mondo, o i dei

O voi omnipotenti & iniusti Dei

Da cui tutto il mio mal nasce e deriva

Udite almanco mei dogliosi omei

Nanti ch'io giunga a la tartarea riva

Dapoi che consentite che costei

Facci l'anima mia de vita priva

Udite il mio tormento, e vostro errore

Che piettoso e iusto atto è udir chi more.

Sì come quello che penando more

Narrerò del mio stratio il tristo effectto

Passando un giorno come volse Amore

Nanti il tuo bello, ma spietato aspetto

Restai de sentimento e spirto fore

E ne' tuoi lacci ah cruda involto e stretto

E credendo mi far il più giocondo

Mi gettai dalla cima nel profondo.

Cusì fin hora sempre nel profondo

Vivo morendo fuor d'ogni speranza

Timido paventoso e tremebondo

Nudo di quel che a tutti gli altri avanza

E s'io dico talhor volto gicondo

Muta questa tua folle strana usanza

Un tal sguardo me spieghi horrendo e crudo

Che a rimembrarlo solo agiaccio e sudo.

Non solamente sempre agiaccio e sudo

Ma mille & mille morti pato alhora

E quel che dentro il tristo petto chiudo

A chi sa legger mostrolo di fora

Moro dognhor, ne son de vita nudo

E questo morir sempre, più me accora

Che s'io facesse un fin solo, e non cento

Saresti alegra, & io fuor di tormento

Non circo che se aquieti il mio tormento

Non dimando pietade né mercede

Non disiro esser lieto né contento

Non bramo amor più non, né bramo fede

Non voglio più de canti alcuno accento

Non vo' più ben, che a me non se richiede

Ma voglio tutte le mortal ruine

Per giunger presto al desiato fine

Pria ch'io giungesse a questo extremo fine

dolce nimica e voi mei grati audienti

Solevo anch'io per ciascadun confine

Sparger non mesti, ma soavi accenti

E spesso nanti l'hore matutine

Far surger l'alba & raquienter i venti

E non v'era cor aspro e sì feroce

Che non movessie il suon de la mia voce

Ma hor ch'io son sanza alma e sanza voce

Per troppo amarti, ah despietato sasso

I' potrei ben cantar lento e veloce

Ch'io facesse a nessun mover un passo

Perho che tanto il mesto dir mio noce

Che ognun che l'ode d'ogni gaudio è casso

E s'io facea col canto un morto, vivo

Ognun che me ode, hor so' de vita privo

Ah quanto è d'intelletto e senso privo

Quel che in volubil donna pon sua cura

Prima sparge de gli occhi un largo rivo

Poi muta usanza, stil, modo e figura

De gagliardo sencier, vien semivivo

E ne la fin, diventa un'ombra obscura

Perho il femineo sesso, fuga ognuno

Che a pasto è tal, che esser vorrà digiuno.

Amanti, statte ognun casto e digiuno.

Che poco mel, non paga molto tosco

Gli occhi aprite di tempo chiaro e bruno

Che quando luce il Sol, mi par più fosco

Sì facilmente non credete a ognuno

Che più fede nel mondo non connosco

Rendere l'arme de Cupido al tempio

Et prender di me, non d'altri exempio

Già per auctoritate, e per exempio

Fummi mostrato che una horribil fera

Non haveva il cor tanto crudo & empio

Quanto l'hai tu spietata mia guerriera

Et io come impazzito stolto e scempio

Creder non volsi a tal ragione intiera

Sì che s'io errai, non fu per mio diffetto

Che è impossibil fugir da un sacro aspetto

Il qual mirando pur vengo in lo aspetto

Afflitto, lachrymoso e tutto exangue:

E il core e l'alma mancami nel petto

Qual chi vede obscur'ombra o rigido angue

Et repentina morte sola expetto

Che, è dolce cosa a quel che pena e langue

Che per uscir fuor de angosciosi pianti

Cusì far soglion tutti tristi amanti.

Strambotti ad amicam.

Hor son pur giunto, al dolce e amaro loco

Ove fui disarmato vinto in guerra

Hor son pur giunto ove l'ardente foco

Dolcemente mi volge in tritta terra

Hor son pur giunto, ove 'l spietato gioco

D'amor m'inchina duramente a terra

Hor son pur giunto, ove spero mia sorte

Mi darà presto vita, o presto morte.

E perché antichamente si suol dire

Che rimedio non trova, chi il mal cela:

Questa cagion mi sforza a voi scoprire

Il duol, e far d'amor iusta querela

Che quel che a torto sentesi morire:

Non possendo altro adopra la loquella

Con la qual, spero ognor gridar sì forte:

Che se non te, farò pietosa morte

E se harrà de sordo aspide la orecchia

E il cor di fera dispietata e dura

Convien che a maggior grido me apparecchia.

Sì che me odeno, i ciel, le aque, e le mura

Le quai da l'aspro mal, che in me se invecchia

Harran cordoglio, e de la mia sventura

Che ben si vede ir alto, & scender basso

De aqua faville, & lachryme d'un sasso

Non è cor non è spirto che in amore

Rustico, non che nobile e virile

Non corrisponda con gelato ardore

E con disio magnanimo e gentile

Non v'è arboro, pietra, herba, o fiore

Che non senta il calor del suo focile

Senza il qual, siani inordinati & spenti

I sacri chori, non che gli elementi

Zephyro il dolce tempo rinovella

Spargendo ovunque vola mille odori

Ride l'ampla campagna ornata e bella

De rose gigli, de viole e fiori

Mira narciso al rio sua fronte isnella

Tacinto vede in grembo i suoi dolori

In biancha vesta pur come già sole

Si gira Clitia palidetta al sole

I vivi chiari limpidi Crystalli

Surgon sì dolce e sì amorosamente

Le dolci e correnti aque per le valli

Corron superbe in vista dolcemente

Le pure nymphe ai deletevoi balli

Se riducono al solito sovente

Cantano i vaghi augei tra foglie e fiori

E il semicapro dio tra gli pastori

Il senza nodi abete al ciel se estende

Cusì il robusto cerro e l'alto faggio

Il fronzuto olmo in l'aria si sospende

El cornio il pino, il frassino silvaggio

Il lauro di che ornarsi il saggio attende

Lo anornio tessa ghirlandette al maggio

La palma si prepara a gran vittoria:

L'edera e il myrto a poetica hystoria

Ogni aspra fera per amore vaneggia

& fano insieme dolcemente guerra

L'un montone con l'altro si vahheggia

E pien de ardor le corna poi disserra

Lo affocato cingial fuma e baveggia

Le larghe zanne aruota, e il griffo serra

E giovenchi arsi d'amoroso gelo

Spargon coi piè l'herbosa terra al cielo

I paventosi daini per la druda

Mostransi arditi quai guerrieri al campo

Il tigre con vergata pelle suda

Spargendo in l'aria sanguinoso vampo

Ruge il leon con voce horrenda e cruda

Spiegando al ciel con gli occhi ardente lampo

Il serpe per la biscia fischia e vibra

Che haverla prima e poi morir delibra

Il cervio la sua sposa abbraccia e stringe

Cusì un coniglio fa con l'altro anchora

Dove la terra april più bel depinge

Ogni simplice lepra se inamora

Ne l'aqua i muti pesci Amor constringe

Che 'l potente suo stral ognuno accora

Vedesi anchor la salamandra a prova

Che in fuoco dolcemente se rinova

Gli vaghi augelli per le verdi fronde

Fan dolce l'aria, pei soavi accenti

E sì ben l'un con l'altro se risponde

Che per che l'harmonia del ciel si senti

Ecco le voci rispondeno infonde

Ne le orecchi d'intorno a gli audienti

Ogni selva, ogni bosco, e ogni campagna

Per amor, notte e dì, si scalda, e bagna

Gracchia la passeretta in ogni canto

La sua gemmata coda il pavon spiega

Il bianco cygno adopra il dolce canto

L'humil colomba al sposo suo si piega

Parlando il papagallo in verde manto

Con la sua tortorella si colega

La rondinella, e il rossignol si scorda

Dil duol antico, e con amor se accorda

Non solo gli animanti irrationali

Piegano il capo a l'amoroso laccio

Ma i brutti anchor, e gli homini mortali

Viveno dolcemente in fuoco e in giaccio

Gli dei celesti, e i spiriti infernali

Godeno avinti, in cusì dolce impaccio

Né cosa alcuna mai fu di valore

Che esser potesse sanza immenso amore

Il summo iove giù del sacre choro

Discese in varie forme per amore

Quando in aquila e quando in piogia d'oro

Quando in serpente, e quando in un pastore

Quando in candido cygno e quando in thoro

Spronato e vinto dal soperchio ardore

Poi pien di dolce affetion si vede

Volarse al ciel col suo bel ganymede

Phebo in thessaglia ardente e luminoso

Fessi pastor per Daphne e fessi in vano

Neptun si fece in un monton lanoso

E in un torno iuvenco humile & piano

In un cavallo ardito e furioso

Mutossi Achille, de sembiante humano

Per euridice, Orpheo nel centro scese.

E pluto de proserpina se accese

Ogni cosa creata in ciel e in terra

E ne lo abysso, convien che amor senta

Ogni triegua, ogni pace, & ogni guerra

Per amor, solo scema, & augumenta:

Se dunque questa regula non erra

Non trovar spero in te, la fiamma spenta

Anci ardente che un cor più che è gentile

In amor è più pronto, e più virile

De gentilezza, a quel ch'io veggio e sento

Proprio me assembri un'altra Danibea

De excellentia, e dotrina al dolce accento

Minerva sei de la scientia dea

Di beltà, se 'l veder non è in me spento

Veramente sei nova Cytharea

De crudeltade, poi che è cosa vile

Sei per mia morte: una avara Esyphile

Dhe dio come esser pò che fra due stelle

Sì vaghe altro vi sia che un bel splendore

Come esser pò che tra due rose belle

Esser possi altro che un divino odore

Como esser pò che tra due pure mammelle

Altro vi sia che gentilezza e amore

Como esser pò che tra duo labra sole

Altro vi sia che angeliche parole

Se ben l'alma persona tua modesta

Contemplo, i' veggio come fior fra l'herba

Lo inanellato crin ne l'aurea testa

Giù per la fronte humilmente superba

Rideti intorno la preciosa vesta

Dentro a la qual ogni gratia si serba

O sacra imago gloriosa & diva

Da far de marmo una persona viva

Se 'l fatal corso mio me astringe & vole

Ch'io te sol ami, e ogn'altra cosa experna

Non posso più, so ben che fisso il sole

Mirar non posso, né sia mai che il scerna

Ma qual dea che con sguardi, e con parole

pò far mia vita breve & far eterna

Se non voi trami fuor dov'io tutto ardo

Tiemmi almen vivo con un dolce sguardo

E se ciò non voi far ti 'l mostro aperto

Che per mille ragioni mi fai torto

Prima che s'io son basso, a tuo grado erto

Più sia tua gloria, e a me maggior conforto

L'altra se di beltà non son coperto

Qual te, di fede armato il petto porto

E per questo, e per quel che ho detto inante

Convien amar se ben fusti adamante

Strambotti diversi.

La crespa chioma tua, le archate ciglia

La gloriosa fronte, e il dolce sguardo

Il prefilato naso, e le vermiglia

Guancie, mi sono al cor lo accenso dardo

La bocca che a null'altra se assimiglia

Con le amene parole, fa tutto ardo

Il riso, el modo, l'habito, il costume

Fami hora un mongibello, & hora un fiume

Vaghi fioreti e voi teneri arbusti

A cui son noti i miei martiri occulti

Faggi, pini, cypressi, alti e robusti

Che in la scorza tenete i miei mal sculpiti

Valle secrete che già colma fusti

De' miei pianti, suspir, gridi, e singulti

Godete, perché in fuoco è volto il gelo

Et son da terra sublevato al cielo

El pelican per dar ai figli vita

Si rode il petto e cusì gionge a morte

Il cavaller poi che ha la seta ordita

Dentro si chiude e mor con dura sorte

L'imperator de la gloria infinita

Per salvarci, al fin corse acerbo e forte

Et tu ingrata e crudel, per ch'io non viva

Me nieghi la tua imago excelsa e diva.

Sonetti diversi.

Dapoi che incominciai sì dolce amarte

E scorgier l'occhio mio per lo tuo lume

Mutai per compiacerte ogni costume

La lingua, il cor, lo stil, l'inchiostro, e carte

Et venni a piè dil monte ad adorarte

Sperando o stai salir l'alto Cacume

Ma il grave peso, & lo mortal volume

Signor non mi lasso, là su trovarte

Dove vo ardendo & disiando intorno

Pur per salir, per la più acconcia via

Per veder chi tu sei d'amar sì degno

Io non so che è fin qui, né so che sia

Speranza e fede, in tua bontate ho in pegno

Quai dureran per fin l'ultimo giorno

Poi che mortal bellezza in gioven anni

Non dura troppo, e la vecchiezza inferma

E per alcuna età, non pò star ferma

La veste, a cui donò

Natura i panni Spinta da te la Fede, ardon gl'inhanni

La pace è morta, e Iustitia se inerma

Giace Pietà, Crudeltà surge e afferma

Rabide e fier le voglie, a gli altrui danni.

Soletta L'innocentia via per via

Nuda come la nacque, e durar tende

Chiamando, hor questo, hor quello, in compagnia:

Né chi l'aiuti è mai, ben, chi la offende

A che star tra costoro anima mia

Miseri chi non provede, e questo intende

Sonetti.

Talhor sole fra me pensoso e stanco

Vo discorrendo tutto il viver mio

Chi fui, chi son, de qual speme, e disio

Visso ho fin qui, quasi canuto e bianco:

Et dico ahi lasso, non te ne avedi ancho

Che 'l tempo vola, e il mondo falso e rio

te carcha sì, che se andrai nanti a dio

Un de, quegli serai del lato mancho.

Dove col cor pien di pauroso scorno

A man dritta mi volgo, e trovo il vado

Che da notte me alunga, e apressa al giorno

E qui tanto altamente ascendo & vado

Ch'io son quasi divin, ma poi ritorno

S'io guardo in giuso, e in doppio error ricado

Piedi, man, occhi, bocca, orecchi, e il core

Insieme a lite van, nanti a Cupido

Ciascun gridando, signor iusto e fido

Priego hor dopri iustitia, se ami honore

I piè, dicon tornar vogliam signore

Le man, che 'l guerrizar fusse finido

Gli occhi, non pianger più, cusì gran grido

Fan questi ad un, narrando il lor dolore

La bocca, poi non vo' più riso o canto

Le orecchi, udir non posso chi me offende

E il cor dice tutto ardo sanza pianto

Amor, che pur tal volta il vero intende

Vedendo il cor più degno, dagli il vanto

E tutti gli altri, via scaccia, e riprende

Capitulo ad amicam.

Quel dì che a contemplar donna fui volto

Tua gran beltà, divenni in un momento

Sciocco, impacito, smemorato, e stolto

E s'io erra sopra ogn'altro più contento

Hor son più tristo, e solo è il viver mio

Doglia, stratio passion, pianto, e tormento

Ogni spasso, e piacer posto ho in oblio

Et hommi elletto sol per gaudio e giuoco

Servitù, fede amor speme, e disio:

Per i quai dov'io vado in ogni luoco

Spargo pien de acerbissimi martiri

Asentio tosco, fele, fiamma e fuoco

E non v'è alcun che pur la orecchia giri

Audir gli miei che infino al ciel sen vanno

Gridi, singulti, omei, luti, e sospiri

Anci ognun gode, e tu più del mio danno

Dove da sdegno e duol surgemmi al petto

Ambastia, rabia angoscia, incendio, e affanno

Tal che spesso dich'io sia maladetto

Quando mi posi amarte, pien di sdegno

D'impito, furia, ardor, ira, e dispetto

Poi che in donna d'amor più non v'è segno

Poi che 'l servir non val, né più se extima

Modi, gratia, valor, virtude, e ingegno

Convien ch'io sempre lachrymando exprima

Tua crudeltade, ovunch'io volga il passo

In voce, in pena, in prosa, in verso, e in rima

Che da poi ch'io te, vidi ah duro sasso

Persi ogni ben, né so più ahimè che sia

Gaudio, contento, refrigerio e spasso

O reo destin, o dura sorte mia

Che più ch'io t'amo più me sei rubella

Falsa, cruda, spietata, iniqua e ria

Come esser pò che tu non sia men fella

Essendo sola sopra ogn'altra chara

Vaga, honesta gentil, liggiadra, e bella

Come esser pò crudel de merce avara

Che mia cotanta, fe' non te apra il core

Simplice, pura, inusitata, e rara

Come esser pò che 'l mio sfrenato ardore

Se è ver che sia gentile, non te anodi

Piedi, man occhi, bocca, orecchi, e il core

Come esser pò, se hai visto in tutti i modi

Mia servitute, che radoppi anchora

Strali, esca, fuoco reti, lacci, e nodi

Dhe perché ingrata voi che a torto mora

Un che d'ognor con dolci rime accorte

Te exalta, cole, riverisce, e honora

Dhe vogli aprirmi de pietà le porte

Né darme in premio, acciò che poco io scampi

Doglia, ingano, timor tormento, e morte

Ad che cerchi spietata più ch'io avampi

Se arso ho, non pur col fuoco ma co i fiumi

Monti boschi campagne selve, e campi

Ad che voi più che in pianto i' mi consumi

Se ond'io vo, faccio, per tutti i confini

Laghi stagni, torrenti, rivi, e fiumi

Ad che voi far miei spirti più tapini

Se manchan (del mio mal) perché te appaghi

Faggi, abeti, cypressi, mirti, e pini

Se quei che son dil sangue human più vaghi

Movo a pietà, che son de' miei tormenti

Orsi, lupi, leoni, serpi, e draghi

Perché al pietoso son de' miei lamenti

Non ti movi, s'io faccio affliti e gravi

Ciel, nube, stelle, sol, luna, aere, e venti

Fior frond' herb' ombr' antr' onde aure soavi.

Epistola ad amicum.

Spinta da insupportabil passione,

Falso, ingrato, sleal, voto di, fede,

Mandoti questa, e non senza ragione,

E maledico il primo dì che 'l piede

E l'alma, e il core a te volsi, credendo,

Che fusti pien de affetto e di mercede,

Tanto amor post haveati, e sì stupendo,

Ch'io diceva fra me, per fino a morte,

Altri che te adorar mai non intendo,

Et benediva sempre la mia sorte

Sopra ogn'altra, credendo esser felice,

E non bramar come ogn'hor fo la morte.

I' credea rinovarmi qual phinice

A quel amor che me mostravi tanto

Et hor di verde, è secca mia radice.

Ah misera chi in huomo crede tanto

Ah stolta chi si pensa amar un giorno

Sanza menar sua vita sempre in pianto:

Tanto mi piacque il tuo bel volto adorno

Che altri che te, non adoravo in terra.

Nulla stimando infamia, ingiuria, e scorno

Non volevo tuo danno, o la tua guerra

Tua robba o facultà: ma la presentia

Che anchor nel petto me si chiude e serra

O dura sorte, o mia cruda influentia

Dunque per troppo amarti dei fugire

Et far da chi te adora, resistentia

Quando hai ben adimpito il tuo disire

Come nudo di amor e di ragione

T'hai voluto da me, lassa, partire

Dhe dio sapess'io almanco la cagione

Che se da me venir vedesse il torto

Non harei punto al cor di passione

Non è costume già de un huomo accorto

Ingannar chi se fida io me fidai

Tu in mar m'hai posto sanza fondo e porto

Altro non voglio dir, so che tu sai

A che grado m'hai scorta, ma lo amore

Ch'io t'ho portato al fin conoscerai

E spero anchor che quel sfrenato ardore

Che per te me arse, chiederà vendetta

De la mia fede, e dil tuo falso core

che ogni peccato punitione expetta

Disperata.

Se alziai mia voce mai per trovar pace

Hor alziola in battaglia, cruda e fera

Che a morte a un tristo, più che vita, piace

Se mai del dì bramai la luce vera

Hor la rifiuto, & bramo obscura notte

che a un infelice, convien vesta nera

S'io sparsi dolci rime, ornate, e dotte

hor le restringo, e le converto in tosco

che ciò far de', chi ha sue speranze rotte

S'io bramai terso dir, succinto, e tosco

hor rigido inornato, & mesto, bramo,

che un lieto ama il giardin, misero il bosco

Se 'l star sol mi parea qual pesce in amo

Hor parmi sciolto star, con altrui preso

che un veduo Tortorin, vol secco ramo

S'io fui d'amor cantando lieto acceso

hor son mesto piangendo, fatto un giaccio

che picciol forza, non sostien gran peso

S'io bramai lieto star fuor d'ogni impaccio

hor viver bramo mesto in mortai gridi

che a lieti gioia, e a mesti, convien laccio

Se allegro andai per monti, piani, & lidi

hor tristo giaccio in una obscura cava

Ch'a ognun che ha contra il ciel, convien tai nidi

Se dolce in vista a ognuno i' mi mostrava

hor paventoso, e crudo, i' vo' mostrarmi

che altro far non pò quel che ha sorte prava

S'io solea del buon stato mio, lodarmi

hor son del tristo allegro, in cui mi trovo

che pace chiama oliva, & guerra l'armi

S'io vissi lieto a l'amoroso giovo

hor lieto corro al fin qual celler pardo

Che 'l pensar dil ben vecchio, e dolor novo

S'io dissi dolcemente ahimè tutto ardo

hor dico amaramente, fuss'io polve

che è meglio un duol mortal breve, che tardo

S'io dissi donna ahimè di me non duolve

hor dico iubilate de mia pena

che è mal stabil quel ben, che intorno volve

S'io dissi donna mia passion raffrena

hor dico accresci quella, sì ch'io mora.

che è meglio morte che vita in catena

S'io dissi trammi il stral dil petto fora

hor dico che di quel facci un bersaglio

che assai peggio è penar, che l'ultim'hora

S'io mi diffesi di punta, e di taglio

hor voglio stesso farmi offesa grave

che haver requie non de', chi vol travaglio

S'io dissi porto de mia stanca nave

hor dico mar profundo la summerga

che a' sfortunati, non lice, onde soave.

S'io dissi a me pietosa sia tua verga

hor dico che me ha qual serpe, o draga

Che cui stenta meglio è raro disperga.

S'io dissi asciuga, e chiudi l'aspra piaga

hor dico, che entro poni aspro veneno

che un misero di morte sol si appaga

S'io dissi aiuto ahimè ch'io vengo a meno

hor dico aiuto, a trarmi nel profundo

che 'l fin suo brama, chi n'ha il ciel sereno

S'io dissi donna scarca il grave pondo

Hor dico carcha sì che in breve io manchi.

che morte chiama, chi è mal nato al mondo

S'io dissi mai non sian miei piedi stanchi

Hor dico siano in dur catena stretti.

che chi schiavi esser den, mai non sian franchi

Se 'l mio cibo era sol giochi, e diletti

Hor è lachryme, ardor, suspir, e affanni.

che ciò convien a chi a contrarii effetti.

S'io vissi iustamente senza inganni

Hor fin ch'io vivo, usar uno tradimenti.

che chi ciò fa, se steso abbrevia gli anni.

Se mali & vitii, mai da me fur spenti.

Hor ne abondino tanti che arda il cielo.

che a' bassi, giova il mal de gli eminenti.

Se al ben altrui fui pien de ardente gelo

Hor al mal per lo opposito esser voglio

che chi vol mutar stato, cangia pelo.

Se mai fui privo de animo, e de orgoglio.

Hor sì ne surga in me, che 'l mondo trema

che al tristo, giova assai l'altrui cordoglio.

Se in me trovossi ognor pietade extrema

Hor ritrovisi extrema, crudeltate.

che spesso a torto il ciel, vol che si gema.

Se ognhor fui sopra ognun pien de humilitate

Hor superbia in me soi, facci suo albergo.

che a dietro va, chie segue sue pedate.

S'io non posi l'honor sì caro a tergo

Hor voglio porlo, & solo amar vergogna

che chi ciò fa, ben pò dir mi summergo

S'io non feci ad alcun, torto o menzogna

Hor voglio farlo a tutti, e più a chi me ama

che pace, a chi vol guerra, non bisogna

S'io cercai laude, precio, honor, e fama

Hor cerco infamia, vituperio e scorno

che un disperato altro, che mal, non brama

Se l'opre mie da ognun lodato forno

Hor sian biasmate, sì che ognun me offenda

E che sol brama perir, chi ha scuro il giorno

Se in me mai non trovossi una sol menda

Hor ne surgano tante, ch'io sia occiso

che morte, a' tristi par che nulta incenda

Se sol mostrommi ognhor splendido il viso

Hor me si mostri obscuro fosco, e negro

che non convien lo inferno, al paradiso

Se la luna mostrommi il volto allegro

Hor me si mostri colma de ira, e sdegno

che luce brama il sano, e obscuro, l'egro

Se hebbi propitio ogni celeste segno

Hor me sian contra, congiurati a morte

che è buon morendo uscir, de affanno e sdegno

Se fortuna mi tenne in lieta sorte

Hor invida, e contraria, me si facci

che chi non pò haver ben cerca vie torte

Se amor mostrommi ognhor benigna faccia

Hor me si mostri, & facci empio tyranno

che chi non de' fallir, iusto è che giaccia

Se da vener fui posto ad alto scanno

hor mi summerga nel proffundo abysso

che assai melio è un mortal che un longo affanno

S'io tenni a cose vaghe l'occhio fisso

hor chiudesi, e dispergo il vivo lume

che lice il lume haver, che ha 'l scur demisso

S'io godea primavera per costume

hor son colmo de affanno, e di dolore

che non pò rider, chi è converso in fiume.

S'io tenea per vagezza in man un fiore

Hor disiro tenir, un mordace angue.

che 'l tosco, a' tristi par dolce liquore.

Se 'l mi dispiaque versar l'altrui sangue

Hor far vo' altrui morir per esser morto:

Che 'l fin suo brama, quel che a torto langue.

S'io cercai lieto giunger sempre in porto

Hor lieto cerco giunger ne lo inferno:

che a' miseri non è poco conforto.

Se qui pace, o salute, i' non discerno

Hor son certo che almen lì è un fermo stato

che cui vi entra non mor, ma sta in eterno.

Se per gratia a tal ben serò arrivato.

Hor lasso che in sul marmo esto epygramma

Sia scritto, acciò se intendea il dur mio fato

Di Noturno è qui il corpo, & l'alma in fiamma

Giace appresso Pluton, per donna, ingrata

E se penando ben mai non sfiamma.

Gode che anchor sua fe' vien celebrata.

Strambotto.

Chi segue amor, mena sua vita in fuoco.

E inutilmente il tempo, e il danar spende.

Chi va dietro de dadi, & carte, il giuoco

Perderà al fine, la mercantia i rende.

Chi va, a caccia hor in questo, e hori quel luoco

Le reti invan, più de le volte tende.

Chi virtù segue, vince, e non mai perde.

Perho che con virtù tutto rinverde.